AF451642

# CATALOGUE

D'UN

# MOBILIER

### MEUBLES EN CHÊNE SCULPTÉ, EN ACAJOU ET EN SAPIN VERNI
### GENRE ANGLAIS

Orgue d'Alexandre, Piano droit, grandes Glaces, Miroirs,
Torchères, nombreux Siéges, Fauteuils Brougham, **Tapis**
de Smyrne et moquettes, Rideaux, Literie, Linge,
Verrerie, Porcelaine, Batterie de cuisine.

## BRONZES

### PENDULE LOUIS XVI, RELIGIEUSE, ETC.

## OBJETS D'ART, TABLEAUX

## Porcelaines, Faïences, Armes, Éventails anciens

### GUIPURES, DENTELLES ANCIENNES, LIVRES, ANCIENNES TAPISSERIES

#### 1,000 CIGARES DE LA HAVANE

DONT LA VENTE AUX ENCHÈRES PUBLIQUES AURA LIEU

*Pour cause de Départ*

# HOTEL DROUOT, SALLE N° 1

## Les Lundi 11 et Mardi 12 Mai 1874

A DEUX HEURES

Par le ministère de **M° Henri LECHAT**, Commissaire-Priseur,
rue Baudin, 6 (square Montholon),
Assisté, pour les Tableaux et Objets d'art, de **MM. DHIOS** et **GEORGE**,
Experts, rue Le Peletier, 33.

## EXPOSITION PUBLIQUE

### LE DIMANCHE 10 MAI 1874

PARIS — 1874

V<sup>ce</sup> RENOU, MAULDE et COCK

IMPRIMEURS DE LA COMPAGNIE DES COMMISSAIRES-PRISEURS

Rue de Rivoli, 144.

Copie de mon Bordereau

1  Pendule Louis XV —————— 280
2  lampes luxe ———————— 160
1  éventail ———————————— 25
1? assiettes [illegible] ———— 31
?  fauteuils Bruxelles — 152
2  [illegible] ———————————— 46
1  Tableau [illegible] —— 40
1  [illegible] 20
1  [illegible] 40
2  [illegible] — 14
1  [illegible] ————————— 19

# CATALOGUE

D'UN

# MOBILIER

## MEUBLES EN CHÊNE SCULPTÉ, EN ACAJOU ET EN SAPIN VERNIS
### GENRE ANGLAIS

Orgue d'Alexandre, Piano droit, grandes Glaces, Miroirs,
Torchères, nombreux Siéges, Fauteuils Brougham, Tapis
de Smyrne et moquettes, Rideaux, Literie, Linge,
Verrerie, Porcelaine, Batterie de cuisine.

# BRONZES
## PENDULE LOUIS XVI, RELIGIEUSE, ETC.

## OBJETS D'ART, TABLEAUX

Porcelaines, Faïences, Armes, Éventails anciens

### GUIPURES, DENTELLES ANCIENNES, LIVRES, ANCIENNES TAPISSERIES

#### 1,000 CIGARES DE LA HAVANE

DONT LA VENTE AUX ENCHÈRES PUBLIQUES AURA LIEU

### *Pour cause de Départ*

# HOTEL DROUOT, SALLE N° 1.

## Les Lundi 11 et Mardi 12 Mai 1874

A DEUX HEURES

Par le ministère de **M° Henri LECHAT**, Commissaire-Priseur,
rue Baudin, 6 (square Montholon),
Assisté, pour les Tableaux et Objets d'art, de **MM. DHIOS** et **GEORGE**,
Experts, rue Le Peletier, 33.

## EXPOSITION PUBLIQUE
### LE DIMACHE 10 MAI 1874

---

## PARIS — 1874

## CONDITIONS DE LA VENTE

La vente sera faite au comptant.

Les Acquéreurs paieront CINQ POUR CENT, pour frais, en sus des enchères.

# DÉSIGNATION

## OBJETS D'ART

### PORCELAINES, FAIENCES, ARMES

1 — Fusil oriental incrusté de cuivre et d'ivoire.

2 — Un autre Fusil oriental.

3 — Sabre turc à lame courbe, fourreau et poignée garnis en argent ciselé.

4 — Sabre persan, monture en argent uni.

5 — Un autre, garni en cuivre.

6 — Un Clissah, lame en damas, monture en argent, poignée en ivoire.

7 — Un Sabre circassien, très-belle lame en damas.

8 — Une Hache persane.

9 — Une Épée Louis XV, garde et coquille repercées à jour.

10 — Christ gothique en bronze, placé sur une croix en chêne.

11 — Grande Coupe en bronze artistique, anses surmon-
tées de lions.

12 — Petite Urne sur son piédestal, spath-fluor.

13 — Groupe en bois sculpté : Vierge et Enfant Jésus,
couronnes en argent.

14 — Joli Coffret en marqueterie de cuivre et d'étain,
genre Boule.

15 — Coffret Louis XIV, avec serrure, écoinçons et ornements en cuivre gravé.

16 — Petit Cabinet japonais en bois laqué.

17 — Plusieurs beaux Éventails anciens, sous ce numéro.

18 — Deux Vases, forme balustre, en bronze du Japon,
niellé d'argent.

19 — Deux grands Vases en porcelaine de Saxe, en forme
de paniers à poissons, avec figures d'enfants et
attributs de la pêche.

20 — Deux petits Vases à anses en Sèvres moderne;
décor à fleurs sur fond vert d'eau.

21 — Deux Vases en porcelaine de Sèvres, fond brun
jaspé.

22 — Quelques Pièces en porcelaine de Saxe, de Ber-
lin, etc.

23 — Grand Plat creux en vieux Japon.

24 — Porcelaine de Chine et du Japon : joli Bol, Potiche
bleu lapis, petites Bouteilles, Tasses d'échantil-
lons, Soucoupes, Pièces d'étagère, etc., sous ce n°.

25 — Porcelaine de l'Inde : Plats. Assiettes et Com-
potiers.

26 — Faïence de Delft : Potiches, Cornets, Vases, Jardinières.

27 — Deux grandes Lampes modérateurs, formées de Potiches en faïence de Delft ; décor bleu.

28 — Deux autres, formées de Potiches en faïence de Delft.

29 — Paire de grandes Lampes en Saxe moderne ; décor à personnages, genre Watteau.

# TABLEAUX

—

30 — Vestier (Antoine). Charmant Portrait de jeune femme, en buste, peignoir de batiste et coiffure Louis XVI (Forme ovale).

31 — Heda. Nature morte : Coupe, Vases et Plat en argent, Pâté, Citron.

32 — Tilborch. La Partie de cartes.

33 — Mareli (Signé J.), Vase de fleurs.

34 — Raffet (Attribué à). Divertissement au camp (Grand tableau).

35 — Leeuwen (G. J. van). Fleurs et Fruits.

36 — Piazzetta. Le Maître d'école.

37 — Cerquozzi. Fruits et Légumes (Deux pendants).

38 — Raphael (École de). La Sainte Famille.

39 — P. B. (Initiales). Saladier de Raisins, Melon et
Pêches.

40 — ÉCOLE ITALIENNE (XVIᵉ siècle). La Vierge entourée
d'anges.

41 — Id. Saint Jérôme.

42 — Id. Jésus au mont des Oliviers.

43 — Plusieurs Tableaux et Gravures.

# MEUBLES ET OBJETS D'AMEUBLEMENT

44 — Un Orgue d'Alexandre.

45 — Un Piano droit en palissandre.

46 — Table hollandaise à tiroirs.

47 — Deux Torchères en bois sculpté, blanc et or.

48 — Glace à biseau, encadrement italien en bois sculpté
et doré.

49 — Glace à fronton de style Louis XIII, encadrement
garni d'ornements en cuivre estampé.

50 — Une autre, analogue.

51 — Petit Miroir à biseau, avec ornements en cuivre
estampé.

52 — Très-grande Glace, cintrée du haut.

53 — Glace d'entre-deux, cintrée du haut.

54 — Pendule à figures d'enfants, bronze sur socle en
marbre.

55 — Pendule religieuse en marqueterie d'étain sur
écaille.

56 — Pendule Louis XVI en marbre blanc et bronze
doré ; le cadran, surmonté d'un trophée de mu-
sique, est placé entre deux cariatides : Figures
de femmes.

57 — Deux Girandoles, style Louis XVI, Vases en marbre
griotte sur trépied en bronze doré ; bouquets à
quatre lumières.

58 — Deux Vases-Cassolettes, style Louis XVI en marbre
griotte et bronze doré, modèle à trépied, à têtes
de béliers.

59 — Deux Vases, Cornets en marbre griotte, monture en
bronze doré.

60 — Huit belles Jardinières en bois de chêne, ornées de
plaques en faïence artistique.

61 — Ameublement de salle à manger en chêne sculpté :
grand Buffet à portes vitrées, Table à rallonges,
Chaises, Tabourets.

62 — Grande Armoire en acajou, à trois corps, à tiroirs
au milieu, et portes sur les côtés.

63 — Meubles, genre anglais, en sapin vernis : Armoire
à portes pleines, autre Armoire à filets grenats,
Lits, Chiffonniers, Tables de nuit.

64 — Armoire et Chiffonniers en bois laqué blanc.

65 — Armoire à trois portes et Toilette en laque aventu-
rinée.

66 — Deux petits Meubles-Vitrines en acajou.

67 — Deux Canapés d'encoignure, couverts en étoffe de Brousse.

68 — Fauteuils de style Louis XV et Louis XVI, en bois doré et couverts en tapisserie à la main.

69 — Nombreux Siéges, *Fauteuils Brougham*, etc.

70 — Meubles en acajou, Secrétaire, Cartonnier, etc.

71 — Chaises en bambou.

72 — Ameublement de chambre à coucher Louis XVI.

73 — Grand Tapis de Smyrne.

74 — Quatre Tapis en moquette.

75 — Rideaux, Étoffes.

76 — Beau Service de table en toile damassée, Linge, etc.

77 — Services de table en porcelaine.

78 — Verrerie, Cristaux.

79 — Batterie de cuisine.

80 — Lits en fer.

81 — Literie, nombreux Matelas.

----

**Huit Tapis series anciennes** : Verdures et Sujets à personnages.

**Guipures.**

**Dentelles anciennes.**

**Livres.** Environ 200 volumes : Volumes illustrés et autres, Brochures, etc.

**1,000 Cigares de la Havane.**

Vᵉˢ Renou, Maulde et Cock, imprs de la Compagnie des Commissaires-Priseurs.
rue de Rivoli, 144.                    43234